新時代の幕開け ④

大転換期の今、次世代へ残すもの

高木利誌

明窓出版

新時代の幕開け４
―目次―

1. 時代を見る目

時代を見る目

これまで生きてきた90年を振り返ってみると、様々な失敗が思い浮かぶ。

サラリーマン時代は上司の指示に従って行動していればよいのであるが、それでも自らの意思で、それ以上の成果を認めさせる事もある。

思った以上の成果と思っても、逆に疑わしいというか不審に思われることも無きにしもあらず。


一方で、経営者になった場合は、最大の視点は時代の先見性ではなかろうか。

やがて来る時代について考えるとき、地方問題、国内問題、国際問題、さらに宇宙問題と、時代によって、また立つ位置によっても問題はいろいろと変わる。

広い視野や、多方面の交流関係が、必須要件となっていく。

タイミングは、早すぎてもいけないし、遅れては役に立たない。

その端的な例として、早すぎるケイ素充電やケイ素発電の開発を手掛けてしまったことでである。

ただ、開発は大切なことであるが、絶対に自身の許容範囲以上の投資はしてはならない。

かつて許容範囲として考えていたことは、「一件の開発費用 が10万円以下で、できるだけありあわせの材料で作れる範囲」である。それを念頭に置いておけば、経営には負担にならないし、待っていればいつかは役に立つ。


石には意思があり、その大切な視点を役立てていただけている。

更に、それ以上の広範な分野にまで広げていただけるのが、時代感覚の進歩であり、時代の知識である。

お蔭様で、その時代の到来まで見届けて、後継者に引き継ぐことができたことはありがたい。

やはり、先を見据えて、用意だけはしておくものではなかろうか。


インドでは、空気から電気を取り出す技術が開発され、「テワリ発電機」（＊）と呼ばれている装置もあるとか。
照沼さんという知人からお知らせのメールをいただいた。

＊インドの物理学者で発明家のパラマハムサ・テワリ氏が発表した研究

「テワリ発電機」について、以下、情報サイト「トカナ」から引用させていただく。

(https://tocana.jp/2018/07/post_17597_entry_2.html)

■空気からエネルギーを取り出せるのか？

この世には驚くべきことに、まったく食事しない〝不食〟を実践している人々がいる。インド人の不食実践者によれば、その不食という言い方は正しくなく、彼らは空気中に満ちている〝気〟のエネルギー、〝プラーナ〟を摂取していると説明している。実は空気を食べていたことになる。〝空気食ダイエット〟と呼ぶことができるかもしれない。

プラーナを食べている人々のように、はたして空気からエネルギーを取り出すことができるのか。インドの物理学者で発明家のパラマハムサ・テワリ氏がこの3月に「Physics Essays」で発表した研究では、なんと何もない空間からエネルギーを生み出せることを指摘している。つまり空気からエネルギーを取り出せるというのだ。

オルタナティブ系オンラインメディア「Collective Eevolution」の解説によれば、テワリ氏はこの宇宙のエネルギーは真空と無に由来しており、このエネルギーの動きによって、宇宙のすべての物質が作られているという仮説を提示するものであるという。

テワリ氏の仮説は宇宙渦理論（Space Vortex Theory、SVT）と名づけられ、これまでにも多くの論文と著作を手がけ、その一方で独自開発の超高効率型発電機「テワリ無反動発電機（Tewari Reactionless Generator、T-RLG）」を発明している。

このT-RLGはいわゆる〝フリーエネルギー装置〟といわれ、正確にはオーバーユニティ（over-unity）装置である。オーバーユニティとは、供給したエネルギーよりも大きな出力を実現する発電機のことだ。T-RLGは供給したエネルギーを165％に増幅できるといわれており、最近の実験ではなんと288％の出力を達成しているのだ。

現在、このT-RLGはインドの電力会社「カーロスカー・エレクトリック（Kirloskar Electric）」で実用化に向けて鋭意開発が進められている。

なぜエネルギーが増幅できるのか？　何もないかに見える空間だが、実は何らかの物質で満たされているという考えは古くからあり、古典力学ではそれはエーテル（ether）であると考えられてきた経緯がある。しかしながらアインシュタインの相対性理論の登場で、このエーテルは完全に否定されて今日に至っている。

しかし、テワリ氏によって再びこの〝エーテル理論〟が復権することになったのだ。そしてこのエーテルからエネルギーを取り出すことで、発電機がオーバーユニティを実現しているというのである。

エーテル理論の復権か

今回発表されたテワリ氏の研究の基本的なメッセージは、この形のある物質に満ちた世界は物理的な現象の結果として形成されたものではなく、〝非物質〟的で我々には計測できない現象によって形作られたというものである。

これらの〝エーテル〟を我々は質量を持った固体物体のように物理的に測定することはできないが、それを検出して活用することができるとテワリ氏は主張する。そしてこの現象を実際に活用しているのがオーバーユニティの発電機であるT-RLGなのだ。

〝非物質科学（non-material science）〟は、新しい科学的革命へと導いているようであり、最近のこれまでの研究よりもさらに重要になっていると「Collective Eevolution」の記事は解説している。これによれば、数百人もの著名な科学者が現在、この〝非物質科学〟の問題を議論するために毎年集まっているということだ。

「この仮説は、非物質の基本特性を導き出すことによって提供され、質量のない、密度の低い、非圧縮性で非粘性、かつ連続的な流体、つまり非物質的性質を持つ空間の普遍的な基層が実在していることを意味しています」（パラマハムサ・テワリ氏）

つまり今日の我々のサイエンスでは説明できないものの、エネルギーを有する〝エーテル〟は確かに存在しているということである。

米カリフォルニア大学アーヴァイン校の超心理学者、ジェシカ・アッツ教授もまたテワリ氏を支持しているようだ。

「調査された研究の統計結果は、偶然によって決定されるものをはるかに超えています。これらの結果が、実験における方法論的欠陥に起因する可能性があるという主張は、間違いなく反証されます。政府主導の研究で見られるものと同様に増幅されたエネルギーの放出効果は、世界中の多くの研究所で再現されています。そのように示された一貫性は、容易に欠陥や詐欺だと主張するだけでは何ら説明することができません」（ジェシカ・アッツ教授）

宇宙空間では質量は持つが、光学的に直接観測できない〝ダークマター〟や〝ニュートリノ〟に満ちているともいわれている。ニュートリノは質量がほとんどないものの、きわめて高エネルギーを有するものもある。こうした〝エーテル〟からエネルギーを得ることができれば、フリーエネルギーや〝空気食ダイエット〟は確かに成立するのかもしれない。このようなテワリ氏の仮説に代表される〝オルタナティブ系物理学〟にますます注目が集まっているようだ。

参考：「Collective Eevolution」ほか

文＝仲田しんじ
引用終わり

人生に定年なし

今、90歳になって思う。

「人生って何だろう?」


先日、「来月には、会長を引き継ぐと一筆書いてください」と言われてがっくりした。

もう20年以上も前に社長は息子に譲っており、息子からは、

「次は、工場を息子（私の甥）に継いでもらってはどうですか?」

と言われたので、快諾して甥に入社してもらっていた。

もう2年以上前に、事前に何の相談もなく事務所が改装され、私のデスクは事務所を追われ、不要物と一緒に自宅の物置に移されてしまった。

高齢者には物置で十分ではないか、ということのようである。

しかし、私にはいつもやりたいことがあり、「コレもやりたい。アレもやり残している」という状態である。

幸いにも、かつて税務署から指摘されて、開発部門を別会社「株式会社コーケン（超硬処理技術研究所の略）」に移してあり、次の不況に備えて乗り越え策を見つける予定にしていたので、研究はまだそこで続けられている。

かつて、オイルショックの時期に、「いつまでも燃料自動車の時代が続くわけなし」と考えて、「次にくるのは絶対に電気自動車だ」と思った。

そして、自動車の動力について風車発電、水車発電、戦時中にできた薪を燃やす「薪自動車」などを考えた末、炭素発電を思い立ち、たまたま「第2回ナノテク展」が開催されるとの広告を見て、応募することにした。

思い立ったのは、花粉胞子の炭素発電であった。

時は2月で、花粉胞子の収集は非常に困難であったが、幸いにも日の当たる土壌にはツクシがあり、杉の花粉や椎茸の胞子を集めることができた。

それでなんとか間に合わせて、それらの植物の成分、炭素で豆電球を3日間点灯させるという展示をさせていただけた。

後に、集客数がナンバーワンだったと開催者からお褒めの言葉をいただき、とても嬉しい思い出となっている。


その後、いろいろな実験をして、クロームに代わる超硬メッキ「タングステン、コバルト」「カニゼンセラミック」などができたが、販売するまでには至らなかった。

そこで、メッキについてもっと勉強をしたいと美濃商店様に相談すると、ちょうどメッキ工場などを見学をしに、ヨーロッパに研修旅行にでかけるとのことだったので、娘の清世と私の2人を同行してもらえるようにお願いした。

何十年とお付き合いいただいている川村様の通訳にて西ドイツの工場を見学し、見たこと

もないメッキ槽を目にして、

「これは何ですか?」と尋ねたところ、

「テフロン複合メッキといって、摺動性《しょうどうせい》（滑りやすさ。部品の表面が滑らかで部品同士の摩擦が少なく、接触部分・可動部分がなめらかに動く様子を指す）が高いものです」とのことだった。

そこで、イギリスにいるという特許所有者に会うため、慣れぬ英語でともかくロンドンヒースロー空港で乗り継ぎをして初めてその業者を訪問し、再会を約して帰国した。

そして、テフロンメッキを導入することができ、市役所の公害課で新たに制定された、有害物質と排水の規制で大ピンチにおちいっていた工場新設を、なんとか実現させることができた次第である。

それにつけても、工場はできても作業者がいない。

メッキの新規部門の従業員さんをお願いしたかったのだが、人手不足でなかなか見つからなかった。

しかし、幸いにも、前職の警察官だった頃に外国人登録法の担当であったおかげで、日系外国人の雇用が許可されることを承知していた。

その頃、父の縫製業の工場で働いていた女性が結婚して一家でブラジルへ引っ越したのを知り、地域の同級生の社長と相談してブラジルへ飛んで行き、日本語ができる息子さんご夫婦を中心に、働いていただけるようお願いした。

そして、ご夫婦のお知り合いなどでグループを作ってもらい、私の住所を中心に「中町グループ」ができた。

また、雇用センターの会長を、同級生の萩野君に依頼して行動を開始した。

皆さまにお喜びいただけたら幸いという気持ちで続けていたが、そうこうするうちに53歳で脳梗塞になり、63歳でがんが見つかった。それも末期がんで、素人の私でも、画像を見てがんとわかるほどだった。

「がんセンターを紹介するからすぐに行くように」と言われたが、

「がんとわかれば、ちょっと試してみたいものがある」と、ブラジルに飛んでいった。なぜなら、がんに効くキノコがあると聞いていたからである。サンパウロ州のキノコ栽培農家を訪ね、たくさん譲り受けて帰ってきた。そして、林教授の石の水で煎じて飲み、ほぼ1ヶ月後に病院で再検診をお願いすると、「これはどうしました？　がんが消えている」と告げられた。

信じて試してみて、このときほど皆さまに教えていただいたことをありがたいと思ったことはない。

それからは工場は息子に譲り、高校の恩師に言われた、「理科系の勉強は一生できる」という言葉を信じて27年、次の時代に役立つと思われる技術に今もチャレンジしている。

若い頃には、思いもかけなかったことである。

また、この年齢になってかみしめるのは、働く場所は物置であっても、世の中に役立つものを作らせていただけるという喜びだ。

「人生に定年なし」

ブラジルは鉱石の宝庫。ブラジルで集めた鉱石を頼りに、新しいエネルギー開発を夢見ている。

考えてみると、自然ほど素晴らしい教科書はないし、また、自然の流れに従うのが最善である気がする。

水の流れを見ていると、動力源も見えてくる。

それは、長い人生を過ごした者にこそ悟ることができるものではあるまいか。

こと農業にしても、農薬だ、化学肥料だと使用しているけれども、農地や作物は、それで喜んでいるであろうか。

それを食べる人間も、他の動物も、もっと喜んで食べられるものがあるはずだ。

私が実験させていただいた農地では、ある鉱石を入れると無農薬、無肥料で何十年も多収穫が続き、さらに雑草が肥料になり、水の浄化にも役立った。

京都大学の先生が、役所の命令で作った自然薬物が経済に問題を及ぼすと拒絶され、職まで失った。

私が作った廃棄物を使って再生させた電池も、何度も再生できるようにしたばかりに、お役所も工業試験所からも、「これでは乾電池メーカーが困ってしまうと」ご注意の対象になってしまった。

ヴィクトル・シャウベルガーやラインフォルト、神坂新太郎氏も、動力不要の飛行体を戦時中に作っていたが、もしこれが実用化されていたとしたら、どんな結果になったであろうかと。

シャウベルガーはやはり、自然科学というか、地球化学から出発しているように見受けられる。

彼の、「自然は脈動する」という概念は素晴らしい。

不思議な人生

思えば、不思議な人生ではないだろうか。

船井幸雄先生と、神坂新太郎先生のお話を聞いていたときのことを思い出した。

「割り箸から芽が出て、植えておいたら柳の大木に成長した」とのお話だった。

「私も不思議なことに、銀杏のいただき物を茹でて食べて残りを庭に投げておいたら、根が出てきました」と話したところ、

「高木さん、あなたも普通の人ではないですね」とおっしゃられた。

思い返せば私の人生、不思議とここまで生かされてきた。本当にありがたいことであった。

それは、皆さまのお助けのおかげ以外の何物でもない。

そしてまた、「石」で発電、充電もでき、さらに水を変え、その水が薬のように役に立つことを教えていただき、現在がある。

前にも書いたとおり、私の人生の始まりに右手の中指の爪のないことが、いまだに残る証明である。

私の生まれる前のことであるが、私の姉は1歳になる前に亡くなっていたので、母は、「今度生まれる子供が、健康で長生きするように」と針を飲んで、お寺のお地蔵さんに願をかけたとのことである。

そして生まれた私が、不思議なことにその針を握っており、針のおかげで爪がうまく生えなかったとのことだ。


子供の頃、不思議と助かったことが3回ほどある。

警察官になれたのも不思議で、警察学校の卒業式当日に集団赤痢で1ヶ月療養、その後、初出勤の当日に窃盗犯を逮捕した。

また、警察署対抗柔道大会にて得意の大外刈りで勝ったと思ったら、反対に裏を取られて脳震盪を起こした。気がついたら先輩の膝枕で寝ていて、「お、生き返ったか」といわれ、一斉にたくさんの顔が覗き込んでいた……などの経験がある。

このときから、それまでの自分が変わったような気がする。

何をするにも慎重になったようだ。

その後、恩給がつくタイミングで警察署は退所したが、これがチャンスと、本来の目的である理科系の分野への転身を思い立った次第である。


それからは何度も書いたとおり、有り金を全部父に差し出して、父に銀行から借金してもらい、まさかまさかの現在がある。

全くの素人の私が技術分野の仕事を始めたのに、ありがたいことに素晴らしいお得意様方に恵まれ、大借金で差し押さえ直前に銀行様にお助けいただいた。


53歳で脳梗塞で入院したが3日で退院し、63歳でがんになり、「石で飲み水を変える」ことで末期がんが1ヶ月で全快した。

1日も休まず仕事が続けられたのも、借金のおかげ、そして皆さんのおかげであった。

私に残されているのは、「恩返しの人生」と思っている。

鈴木石――林先生に捧ぐ

40年ほど前のことである。

忘れもしない、第1回「自然エネルギーを考える会」主催の講演会に、講師として山根一真先生をお招きした。

「高木さん、先ほど会員の方が、

『カタリーズ塗料を、駄目になった乾電池に塗ったら、回復して使えるようになりました』と発表されましたね。

私は20年ほど前に、京都大学の林先生とおっしゃる方が、厚生省に頼まれてがんの薬を開発して持参したら、

『こんなものでがんが治ったら、医者も病院も潰れてしまうではないか』

と言われて、大学も退職を余儀なくされた、と聞きました」とおっしゃった。

しかし研究の結果、その薬は土壌改良にも効果があるということがわかり、農地に散布したり（1アールあたり10キログラム）、液状にして観葉植物に与えたりなどを試された。

その結果、ニンジン、ほうれん草、イチゴなどが見栄えもよく、味も素晴らしくなり、観葉植物でも花の数が素晴らしくたくさんつくようになった。

だが、ついに廃業なさったとのことであった。

そこで、鈴木さんという方から20キログラム入りの袋を10袋ほど分けていただき、農協から田んぼをお借りして、無農薬無肥料にて栽培した。

ほとんど手をかけない農法で除草もしなかったが、20％ほど作物が増収した田んぼもあり、田んぼの水に電圧（ボルト）の上昇も確認できたのは、拙著に何度も書いたとおりである。

これは、述べてもいいものかわからないが、警察官を退職後、全財産を父に渡して、父に銀行から借金をしてもらって開業し、大借金を抱えていた63歳のときに、痩せて身体の異常を感じた。

さらにのどにも異常が出て声が出なくなったので、病院で診察していただくと、咽頭がんがあることが判明した。

すぐに入院を勧められるも、会社の借金のこともあり、死を覚悟の上、鈴木さんのご縁から「鈴木石」と呼ぶようになった石を使った水を飲みながら、仕事を続けること1ヶ月。なんとか体力も戻ってきたことから再度病院へ行くと、「どうして入院しなかった」とお叱りを受けた。診察していただくと、がんはなくなっており、今度は、「不思議だ。あのがんが、どうして治ったのか」と驚かれた。

理由は一切、述べるわけにはいかず、鈴木石に感謝するとともに、林先生に心からのお礼を申し上げ、一文を捧げさせていただく次第である。

石には意思があり、それを信じて、今も感謝させていただいている。

また現在、弊社で開発した鉱石塗料「カタリーズ」をご使用いただいた皆様からのお喜びの声が届くにつけ、ますます感謝の心を深めている次第でございます。

さらに、「カタリーズ」で農業方面からも好結果のご報告をいただいている。農業方面での使用は、「林石」と呼ばせていただけたらと思います。

ありがとうございます。

「自然エネルギーを考える会」の設立については、何度も述べているところであるが、メッキ業を始めてから環境問題が問われるようになり、2~3年であれよあれよという間に規制が強化された。

排気ガス対策、脱脂剤の廃止等々、目まぐるしく変わる規制に、翻弄される日々であった。

工場の改装命令に対応するのも大変であった。

また、私の会社や工場があるのが自動車関連(トヨタ自動車)のお膝元という土地柄から、排気ガス対策(ディーゼルエンジンなど)、工場の排気ガス、防音対策、防臭対策などは特別なものがあったので、資格試験の勉強に励まざるをえなかった。

その他、工場の改装もあり、こちらもさまざまな規制を受けていたため、クリアーするために東奔西走した。

工業試験場では、カタリーズなどの試験をなかなか受け付けていただけず、ご相談にも乗っていただけなかったため、「自然エネルギーを考える会」で、皆様のお知恵をお借りした次第である。

そこで、外国視察を思い立ち、前述したように西ドイツの同業者を見学させていただき、有害物質の出ない処理方法を学び、それを導入することにした。

そのとき見せていただいたのが、テフロン複合メッキで、特許ライセンスを交渉して導入、自社工場で開始するも、なかなか仕事に繋がらなかった。

そこで、新聞広告を出してみたところ、関東地方から、一部上場企業の重役さんが3人でお越しくださった。

「新聞広告を拝見しました。ぜひ試作品をお願いしたい」とのことだった。

しかし、こちらは関東からは離れた豊田市であり、工場も手一杯の稼働状態だったため、2年間の期限付きにてお受けした。

困っていた人手不足が、ブラジルの方々のおかげで解消したのも、前述のとおりである。

この品物はアメリカの大手の自動車部品としても輸出したが、そんな優秀なものをアメリカに出すなと、大変なお叱りを受けた。

そのとき、「京都大学で世界最高のテフロンメッキが完成」と新聞に発表されたのを見て、さっそく京都大学の教授のもとへ、外国特許のライセンスを導入して製造していた部品を持参して訪ねた。

教授の部屋を訪ねると、1リッターのビーカーの中で作られた1平方センチメートルの板メッキのサンプルをお見せいただいたのだが、まだまだ開発途中のように見えて、がっかりした。

私の試作品を見ていただいたが、一言もお言葉はいただけなかった。

先生の作品は世界一とは程遠いものであり、ご教示をお願いすることもなかった。

それから数十年、多くの先生に工場を訪問していただいたり、講演をお願いしたりしつつ研究を続けていたが、63歳のときにがんになり、工場経営は息子に譲って、次の開発に専念することにした。

そして2年前、社長である息子に、

「次の会社経営を任せたいと思いますが」と、甥（現在の常務）の入社を相談されたので、了解することにした。

ところが、工場と事務所の大改装をすることになり、私の研究作業所は自宅の物置（工場・事務所）に移動させられた。

老人とは、悲しく情けないものである。

とはいえ、次女の休眠会社である株式会社コーケンの名で、研究を続けさせてもらえているのはありがたい。

そこで試作中だった、誰にでもできる発電、充電、反重力、空飛ぶ自動車の技術開発部品を生産する中心技術の作業をすることになったが、それまで行ってきた部門の製造はできなくなり、中止することになった。

その後、たまたま工場に行ってみると、苦心して外国のライセンスを取り入れて生産した製品の姿はなく、京大教授の開発と思しき液体などの材料が並べてあるではないか。

「お得意様から、今後一切をこれに切り替えるよう指示があった」とのこと。

そのため、高価な液体で生産をさせられているが、私の努力は何であったのであろうか。

これではすべてがコストアップになってしまい、不良も激増してしまう。当然のことながら、経営にも支障をきたすことになる。

これが、ゆとり教育時代の大学教授の研究成果であろうか。

しかし、私は会社を次世代に譲り、無念を告げる立場にない。

びっくりを通り越して悲しくなり、甥の常務が、

「この仕事を辞めて別の仕事がしたい」というのを聞き、無下に「だめ」ともいえなくなってしまった。

この技術の延長線上に、バッテリーもレアメタルもいらない、電気自動車の時代が到来するかもしれないというのに。


「理科系の勉強は一生できるが、人間を作るのは今しかない」とは、高校の恩師の言葉。

警察を退職して、名古屋大学の教授を聴講生志願でお訪ねすると、

「あなたには教えることはなにもない。がっかりするだけですから、わからないことが

あったら聞きに来なさい。人間の研究などというものは、全能の神様の手のひらの上で踊っているようなものですから」と言われた。

恩師の言葉のありがたさを、身にしみて感じたことである。

それから、自然エネルギーを使って合法的に販売できる商品についての研究に没頭して、200件以上の特許申請をした。

「自然エネルギーを考える会」の会員の皆様のお助けはおかげさまでとても意義の大きいものであったが、会員の皆様以外で相手にしていただける方は、皆無であった。

特に、記憶に残る研究のいくつかを挙げる。

【ディーゼルエンジンの排気ガス対策、黒煙の防止対策として】

・燃料の添加剤を使用する方法

・植物油を0、5%ほど添加する方法

・完全燃焼による方法
・カタリーズテープ貼付により燃焼力をアップさせる方法

これらについては、検査機関がわからなかったため、運輸省に尋ねると全国で1ヶ所だけ、つくば学園都市に、自動車研究所があると聞いて、さっそく伺った。

そこは、全国の自動車メーカーが参加する研究機関であり、私が検査をお願いすると、

「こんなものができては困るなぁ」

と言われ、断られてしまった。

（後に、三菱自動車が燃費を実際よりも良く見せる試験データの不正操作があったとのニュースが報道された。燃費を0、0X％ごまかしたということで日産のゴーンに会社を取られていたが、私の開発品で報告を受けている、20％の燃費アップではどうなっていたであろうか？）


がっかりして、つくば学園都市からの帰りに近くの川田薫博士の研究所に立ち寄り、先生

の息子さんに駅まで送っていただいた記憶がある。

仕方がないのでアメリカの知人に依頼して、アメリカの研究機関で検査していただいた。

「NO（一酸化窒素）とSO（一酸化硫黄）の大幅ダウンと、燃費が20％以上アップ。

これは素晴らしいが、燃費が10％以上アップするものは発表禁止」とのコメント付きであった。

それで、発売どころか発表さえできなかったのである。

世界環境会議に備えて、バンクーバーのブリティッシュ・コロンビア大学にてワトキンス教授にもお目にかかり、注意点についてご指導いただいたが、講演どころか展示も中止する以外なかった。

世界環境会議にて発表する予定も中止し、東京都都営バス、旧国鉄バスでもテストをお願いするも、

「装置になるように工夫するように」とのことであった。

装置にするには、最低でも50万円以上はかかる。

私は、装置ではなく、誰でもできる自然物での制作が希望であったため、バンクーバーは最適な場所だと思っていた。

それで、森林局総裁、環境局総裁にお目にかかり、糸口を見つけようと思ったのに、やはり難しかった。

バンクーバーから帰国するために空港へ行くと、「ミスター高木」と呼び止められて、ロンドンのヒースロー空港から、ぜひイギリスに招待したいという旨のメールを見せられ、急遽ロンドンへ飛ぶことになった。

席は、2—B。つまり、ファーストクラスだった。

ロンドンに到着すると、飛行機のドアの外では係官と通訳の方が出迎えてくださり、空港公団総裁室に通された。そして、

「空港構内の車の排気ガスについては、黒煙などの問題はないが、添加鉛の問題について、良い処理方法があれば、ぜひお願いしたい」とのお話があった。

「今晩はホテルを用意していますから、ロンドン市内でもお回りください」

と言われたが、

「ありがとうございます。ですが、まだ日本行きの便がありますので、帰ります」とお返事して、とっていただいた飛行機の中で一眠りして、成田に到着した。

しかし、まあ排気ガス問題とは、いったい何なのだろう？

かつて、英国商務省のご招待でいろいろと見学させていただいたことがあった。ウエールズ大学の副学長、ロバート教授から、排気ガスの再燃料化装置をお見せいただき、「これのおかげでひどくお叱りを受けた。あなたは私ほど有名ではないからよいだろうが、気をつけたほうがいいよ」

とご忠告をいただいたことを思い出した。

私の人生ももう晩年であり、何も大きなことはできないだろうが、後継者には、「良いものが必ずしも商品になるとは限らない」ということを伝えたいと思う。

また、ドイツ第3位の鉄鋼メーカーの御曹司であるホンベック社長のお招きで、彼の別荘に一泊させていただいたとき、

「高木さん、社長というのは一年365日、一日24時間、社長だね。お互い、大変だね」と言われた。

大小の違いはあれど、「どこの社長も大変なんだな」と思い知らされた。

排気ガス対策にしても、燃料の問題にしても、電気自動車や電池の問題にしても、「時代に合わせてほどほどに」。

こうしたことは日本だけの問題ではなく、世界に影響があるということを念頭に考えなければならないと痛感した次第である。

何度も言うように、ニコラ・テスラ先生はじめ、シャウベルガー、ラインフォルト、神坂新太郎、さらに京大の林教授、ウエールズのロバート教授、立派な業績となるはずが、時期尚早で正当な評価が得られないとは、あまりにも残酷である。

少し遅れれば、林秀光博士の、『水で病気が治る理由』のような本が出版できたはずと考える。

電気の神様　ニコラ・テスラ

ニコラ・テスラという、エジソンをしのぐ天才科学者の本の日本語翻訳者であられる井口和基博士をお招きしてご講演いただいたことがある。

そして、『ニコラ・テスラの「完全技術」解説書』（ヒカルランド）という井口博士の翻訳書で勉強させていただいた。

そうしているうちに、もう一つの『ニコラ・テスラ　秘密の告白』（成甲書房）という本に出会い、副題に「フリーエネルギー＝真空中の宇宙」とあったので、興味が湧いて目を通してみた。

そして保江邦夫博士、井口和基博士をお招きして、私が高齢なのでこれが最後と思い、ご講演をいただいた次第である。

私は以前から、「地球には地中にも空中にもエネルギーが満ち満ちているのではないか。そのエネルギーがうまくいただければ、新しい技術になるのではないか」と実験を続けてきた。

しかし、素人の私の作るものを試していただける研究機関は、皆無であった。

そこで、知人を中心にして興味をもっていただける方を募り、「自然エネルギーを考える会」を立ち上げたが、会員さん方に試作品を試していただけたことは本当にありがたかった。

それと、公務員退職後ゼロから出発して、1件あたりの開発費10万円以下という少額の貧乏実験を開始し、それを無料でお試しいただけたのも会員さん方であった。


私の一生の望みは、子供の頃からの貧乏生活で考えた、誰にでも簡単に入手できる自然エネルギーであった。

しかし昭和時代の終わり頃、水のみでできる水電池のテストをしたとき、

「そのようなものができたら、大変なことになるぞ」と言われて中止した。

そして、卒業時に内定取り消しに遭い、希望していた理科系の勉強ができる就職先に恵まれるはずもなく、それでも先輩のおかげで難関の中にも内定をいただけたのはよかったが、入社間近の2月になって「経済界の不況により採用できないことになりました」と、はがき

1枚で就職浪人が決定した。

しかし、幸運なことに岐阜県で警察官の職をいただき、その後、女房子供の反対を押し切って恩給権満期で退職。

長男の務めと思い、父にお願いして社長になってもらって、現在まで続く会社を設立した。ありがたいことに、素晴らしいお得意様にも恵まれ、研究資金が少しばかり捻出できるまでにさせていただいた次第である。

そして、誰でもできるエネルギー、無農薬無肥料農業、思いつくまま、いろいろの実験制作に励んできたわけである。

私の製品の歴史

振り返ってみると、私が今までに開発したものは、開発の時点ではまだ、世に出してはいけないものばかりだったようである。

これまでにも述べたが、行政機関や専門の学者などからもお叱りを受けた。

例えば、

・排気ガス対策のための装置及び添加剤
・貝がつかなくなるようにする船底塗料
・ゴキブリが寄り付かないようにするスプレー水
・廃棄電池の再生、充電用の塗料テープ
・水電池

などなど、数え切れない製品があった。

そしてこのたび、空気から電気をいただく空気電池を発表させていただいた。
それは、インドにて空気電池が成功したというニュースをお知らせいただいたからである。

まずは、本業のメッキである。

カニゼン社から購入した、メッキにセラミックを入れた技術を使って、試験的にワッシャーのような形の品物を作った。

そしてその品を、車の買い替えのため、自動車販売店で担当の課長さんとお話をしていたときに、何の気無しに課長さんの車のエンジンの上に置き忘れていた。帰り間際に気がついたので、持ち帰った。

後日、その課長さんが、

「エンジンの上にワッシャーを置いたでしょう。おかげで1ヶ月ほど車の調子がよかった」とお話しいただき、ここから開発が始まった。

塗料に入れてエンジンに塗ったらどうかと思いつき、大型フェリーのエンジンに塗ってもらったら、調子がよいとのことであった。

しかし、「燃料の20％アップはよいが、エンジンオイルをこれまでは1週間から10日で交換していたのに、6ヶ月に1回になってしまっては、経営に支障が出るからやめてくれ」といわれて中止した。

また私の車についても、下取りしてもらうときに塗料が塗ってあると、事故の痕を隠していると思われるので中止した。

そんなとき、『自然エネルギーを考える会』で講演会を開催したら、会員さんから、「駄目になった電池に塗料を塗ったら、充電されて再利用できた」と報告があった。

そこで、市役所から廃棄電池・バッテリーの払い下げをいただき、90％は再生充電できたのだが、

「こんなものができたら、電気屋さんは困ってしまう」と注意されて、やはり中止した。

現在、電気自動車の時代が始まることが予想されるので、ボツボツ再開してもよいように思う。

水電池の次は、空気電池だろうか。

電気も水も、誰でも空中からいただける時代が到来しているのかもしれない。

水で病気が治る理由

こんな表題の本が出ていた。著者は、林秀光医学博士。

本書のカバーの折返し部分には次のような文章がある。


『テレビで大反響の〝万病に効く奇跡の水〟

答は「水素」だった！

ドイツの〝奇跡の水〟より強力な〝水〟はすでに日本に存在する！　水の中の「活性水素」こそ、活性酸素を消し去り、病気を治癒・予防に導く本体であることは証明された。

秘密は活性水素にあった　証明されたその威力！

今までの議論〝水に何が溶け込んでいるか〟は問題ではない。水 H2O を構成している酸素と水素に目を向けたとき、答は明らかになる。万病の原因は活性酸素による「酸化」であり、酸素を阻止する最強の方法は「水素」による「還元」である。

水の電気分解で得られる最強の水素「活性水素水」を飲んで体の酸化を阻止し還元を図れば、病気が治るのは当然である。事実、ガン・白血病・肝臓病・糖尿病・アトピー等が水を飲むだけで改善している。』

『水で病気が治る理由　活性水素水が人類を救う』　医学博士林秀光著　ロングセラーズ

前にも同じようなことを述べた先生方は、ことごとくひどい目に合われたと聞いている。東大の浅井教授、京都大学の林教授に私は直接お目にかかったことはないけれども、諸先生はそれぞれ病気を治し健康を維持できると述べられたと聞く。

浅井教授はゲルマニウム、林教授は鉱石の粉、現役の医師である林秀光博士は水。また丹羽靭負先生も現役の医者で、水という書籍を出版されたのをもとに勉強させていただいた。これは病気にならないために水を変える鉱石をもとに、さまざまな実験を試みた結果、電気を帯びる水に変換させる、すなわち活性酸素、活性水素に分解させる。

有害な活性酸素を無害化させるのは活性水素で、その働きをするのが水の作用らしい。

1．万病の原因は「酸化」（吸気性酸素及び活性酸素による）である
2．「酸化作用」を阻止する最良の方策は、もっとも強力な還元作用を持つ「活性水素」である
3．「活性水素」を得るには「水の電気分解」を利用する
4．水の電気分解によって得られる「活性水素水」で「酸化」を阻止、還元することにより万病を予防、さらに治療することができる

とあるように、水の電気分解によっては病気も治療することができるようである。

私が鉱石の実験をしているとき、ある種の鉱石を接触させると、水で電気が発生することが確認できた。

また、至るところに「あの山の水を飲むと病気によく効く」と言い伝えのある山の水を飲むと、やはりなんとなくいいような気がすることから、その地の鉱石を探して水の中へ入れると、電位が上がることが確認できた。すなわち、電気分解が行われていることの実証ではあるまいか。

有名なドイツの「ノルデナウの水」など、その地の石は確かに電位が高い。

このようにして、自然石を使って空中で電気を発生させることが認められた。それによって病気を治療できるかもしれないけれども、私はそれで発電、充電ができることがわかったことがありがたかった。

そしてそれが実験の結果、ニコラ・テスラの交流電気の発生であったこと、さらに実藤遠《さねとうとうし》先生の著書にあるごとく、林秀光先生のこの本によって、クリスタル状の鉱石でUFOと病気治療の効果について理解いたした次第である。

さらに、ニコラ・テスラの研究者、井口和基博士の執筆中の著書が待たれる。

また、災害大国である我が国の災害時に、バッテリーの半永久寿命、さらにバッテリーの必要のない空気電池が誰にでもできる時代になりますことを、夢見る次第である。

私は医者ではなく農家であったことから、京都大学の林教授のおっしゃった病気のことよりも、植物にいかなる効果をもたらすかに非常に興味を持った。

前にも書いたとおり、自分の家の田んぼでなく、農協からお借りして稲作の実験を始めた。

それで、無農薬無肥料で草の生え放題の中で、20％の増収が達成できた。

畑では、育ちもさることながら味も素晴らしい野菜ができた。

お聞きしたところによれば、林先生は農協からクレームがあり中止なさったらしい。

経済、現在社会の問題について素人の私が口をはさむ問題ではないけれども、現役の博士である先生の研究結果については、検討を要する問題があるのではないでしょうか。

しかし、私は人間、植物、動物に良い結果をもたらすものが、電気的にも非常に好結果をもたらすことを考えると、医学方面は専門家のお医者様にお任せして、徹底的に科学技術方面に力を注ぎ、人体への不安を抱くことなく、安心してまい進できることがありがたい。

実は63歳のときに末期がんを宣告されたとき、借金の山を残して闘病生活ができなかったことから、勧められた鈴木石のおかげで仕事を続けながら、1ヶ月で病院で全快を認めていただけたことはありがたかった。

闘病生活のときに、鉱石の水の電位を計測してみると、鉱石通過の前後で電位に上昇が確認できたことから、「鉱石電池」にのめりこんだ次第である。

鉱石の中にも種類によっては、電位の大差のあることも確かであった。

そこで、鉱石にお詳しい橘高啓先生をお招きしてご講演いただき、さらに保江邦夫先生、井口和基先生にもご講演いただいたおかげで、発電、充電に鉱石電池、空中から電気をいただく「空気電池」にたどり着けた。

このことについては、拙著『新時代の幕開け2』（明窓出版）でも述べたことである。

また、実験によりコップの外部にカタリーズテープを貼付すると、内部の水にイオン水のような電位の上昇が認められて、電池に早変わりする。それを使って水で自動車が走る実験に入ったところ、アメリカの友人から「現在は時期尚早だから、待つように」と忠告されて、当時は中止した。

そんなとき、市役所から駄目になって廃棄物として出された乾電池の払い下げをいただき、みごと再生できたけれども、市役所から注意をいただき、工業試験所からも受け付けていただけなかった。

そこで「自然エネルギーを考える会」を立ち上げ、皆様に使っていただいた結果を報告していただいた。

その後、改めて表記の書籍を思い出し、ありがたい思いを新たにしたところである。

そして今一度初心にかえり、丹羽靭負先生、浅井一彦先生、実藤遠先生、井口和基先生、知花俊彦先生、さらに知花先生の著書の執筆者であられる河合勝先生の著書を引き出して、電気のことをはじめ、実生活のすべてのことを今一度確認した。

時代は変われども、人間生活の根源の素晴らしい教えに感服しているところである。

2. 自然はうまくできている

『この章では、平成一五年に発行した拙著「自然はうまくできている～産業廃棄物が世界を救う」から、あらためて読み返すと今でも新しいと思われるコンテンツを抜粋してお届けする。

身近なことも多く、参考にしていただければ幸いです。

科学を超えた新事実

自然エネルギーとは、動物、植物、鉱物、空気、太陽光線など天然自然に存在する物のエネルギーの総称である。この本では、特に自然エネルギーの中の、植物、石、動物のエネルギーを利用した技術を紹介する。（具体的にはそれらの廃棄物を利用した技術）

私たち人間、いや動物は、口からものを食べ、酸素を吸って体内で燃焼させて成長エネルギーをつくる。植物は、根から栄養素を吸収し、葉から酸素や炭酸ガスをとり入れ同化作用を営み、成長エネルギーをつくって生を維持し成長している。

そしてそこには、光線、微生物など様々な触媒物質が介在し、自然の営みがなされている。これが自然エネルギーであると思う。

つまり、植物とは、土と水、大気をエネルギーの根源とし、動物は、その植物と、水、大気をその根源としている。さらに動植物の廃棄物や排泄物は土に帰り、再び自然エネルギーとなって生の循環が繰り返される。

この自然のシステムに驚嘆し、植物の持つすばらしい能力に着目。産業廃棄物の活用を研究した結果、棄て場所に困っている鋸屑（おがくず）が、

・燃料添加剤・廃液処理剤・消臭剤
・消化、防煙、防ガス剤・洗浄剤・油吸着材・農田改良剤
・蛋白質分解助剤・防菌剤・保水剤

に利用できることを発見した。

こうして諸物の浄化作用を追っていくうち「地球の自浄作用」のすばらしさに感動すると共に、そのすばらしさを説く先輩諸先生の本に夢中になった。

・船井幸雄先生の「本物の時代」　ビジネス社
・比嘉照夫先生の「地球を救う大改革」他数冊　サンマーク出版
・三上晃先生の「知られざる植物の……」
・丹羽靭負先生の「水」　ビジネス社
・江本勝先生の「波動時代の除幕」ほか　サンロード
・深野一幸先生の「波動文明の超革命」他数冊　廣済堂
・宇野多美恵先生の「相似象」　相似象協会
・岡部敏弘先生の「青森ビバの論文」

これらの本は、地球エネルギー、宇宙エネルギー、自然パワーのすばらしさ、無限さが指摘され、いずれも現在の常識を覆すものばかりである。

私は感銘を受けた本の著者には必ず直接お目にかかってお話を聞くようにしているが、先生方によれば、自然に帰れ、自然に学べ、自然に従えと訴えておられる。

船井先生は「本物と本物のコツを説き、それと付き合うことの大切さ」を、比嘉先生は「自然界に存在する好気性菌と嫌気性菌を選び出し、複合培養させた有用微生物（EM）が、「土」本来の力を回復させること」を、

三上先生は「人はうそをつくが、植物はうそをつかない。植物は本当のことを教えてくれること」を、

丹羽先生は「クラスターの改善された水が、人間や肉、魚、野菜の細胞の中でどのような作用をしていくか。人類、動物、植物の生存核といえる水の汚染の解決をどのようにしていくか」を、

江本先生は「波動的な見地から水のもつ力、情報伝達能力を分析。例えば1991年1月17日の湾岸戦争の勃発、東京の水道水の水銀毒素波動が6倍、鉛毒素波動が3倍、アルミ毒素波動が13倍にはね上がったこと」などを報道よりも早く伝えていると。

深野先生は「宇宙エネルギー、地球エネルギーを利用すれば、病気を癒し、植物の生育や地球の浄化にもすばらしい効果があること」を、

宇野先生は「古代日本人のすばらしい文化と、自然への取り組みについて」を、

岡部先生は「青森ヒバの自然や人間、動物に与えるはかり知れない能力について」を、

それぞれセンセーショナルに発表されている。

そこで私なりに考えたことは、すべての物に心があり、しかも、そのすべての物が、良くしよう、さらに良くしようとしているのに対し、地球上で人間のみが、物欲と、虚栄心のために自然をゆがめ、汚し、悪い方へともってゆき、しかも、自然の治療能力を超えて、汚染へと向かわせているようにみえる現実がある。

これを何とか食い止め、自然のすばらしさに刮目しなければと思う。

自然が水をコントロール

水はすばらしい。

水はすべての物の基礎である。すべての物を良くするのも水であり、悪くするのも水。つまり生かすのも、殺すのも水である。

良い水は、自然を育て、整え、生かす。悪い水は、自然を殺し、破壊し、消滅させる。そして、自然が水を作り、水を育て、水を変え、コントロールしている。人間がコントロールしているのは、ほんの一部にすぎない。

自然に教えて頂き、良い水の使い方を学ばねばならない。

そして触媒としての水は、空気を変え、植物を変え、油を変え、やがては水を触媒とした炭酸ガス発電、窒素ガス発電も不可能ではない時代がやってきた。

鈴木喜晴氏の「石の水」

ランの栽培で有名な鈴木喜晴氏から紹介してもらった植物栽培用の「石の粉（仮称・鈴木石）を混ぜた水」の効果を確かめたが、とても素晴らしいパワーだった。

【鈴木水（土壌改良材）の作り方】

土鍋またはホーロー鍋に入れた2リットルの水に、鈴木石の粉を大さじ2〜3杯入れてトロ火で煮る。

すると、
①鍋の中で酸素が発生（ブッブッと出る）。
②１時間ほど煮たところで冷ます。
③鍋の中の上澄みを取って出来上がり。
鈴木水は、にごりが残っている間は何回でも繰り返して使用できる（約１００回）。また、飲んでも全く問題はありません。

野菜や植物の葉面散布する場合は、50～１００倍ほどにうすめて使用。

鍋の底にたまっている石の粉は、作物の根元に散布してもよい。

［実験結果］
①飲んでみると実にまろやかでおいしく、素晴らしい飲料水であった。
②ごはんを炊いたり、味噌汁をつくるとき、しゃもじ1杯くらい入れると非常にふっくらとした甘みを増す。（魚や肉を煮るときに入れると、これもまた、やわらかく、おいしくなる）
③コーヒー、甘酒、お汁粉に入れると味がうすくなる。

④ 鈴木水を続けていると体調が良くなり、2ヶ月後には体重を測ると5キロ太った。食べ物がおいしくなって、つい食べ過ぎたためである。

⑤ 白菜、大根に葉面散布すると、2日後くらいからみるみる元気が出て、成長も早く、食べてみると味も素晴らしい。特に大根の葉は、菜飯にすると甘味があってとてもおいしい。鈴木さんは20年前から実験を行っていて、イチゴ、スイカ、ホウレン草などの実験結果では、それぞれ日もちが良く、糖度も2度くらい高くなったという。そうした実績から、市場への出荷価格も何割か高値がついたそうである。

[水の浄化能力]

鈴木水には水を浄化する能力があるようだ。

(1) この水を汚濁水に或る割合で投入すると、

① 浮遊物が沈殿をはじめる。
② トリハロメタンの発生がなくなる。
③ さらにカタラ錠（カタリーズ粉を錠剤にしたもの—浄水錠剤）と併用すると、或る種のガスを変質させ悪臭の消臭効果が認められる。

(2) この水を多孔石粉かマイクロカプセルに含浸させると、次のような消臭効果などが現れる。

① 消臭剤ができる。
② レジンサンドに500～2000分の1（1／500～1／2000）混合して高温加工すると消臭砂となる。
③ 汚濁水沈降剤ができる。
④ 或る種の光（紫外線、赤外線など）を消臭効果が倍増する。
⑤ 或る種の感光剤に反応しなくなり消影効果が認められるとの報告があり、テスト中である。
⑤はトルマリン粉でたまたま見られる。

Tourmalin（トルマリン）日本名　電気石

トルマリンは地球創世期に高温・高圧で造られた結晶物。微細に粉砕していくと結晶の両端に＋極と－極が現れる。

これらの表面に水などの極性分子が接触すれば、大きな電気化学現象が起こると考えられる。

21世紀の発電

植物さんに学べ

・炭酸ガス発電
・窒素ガス発電

人知のおろかさ、象牙の塔の空論といおうか。

人間の頭で考えるのではなく、謙虚に自然に尋ねてみると、木や草が教えてくれる。

植物さん（と、三上先生はおっしゃる）は、地中から窒素をとり、空中から炭酸ガスをとり、太陽エネルギーを触媒として、炭水化物、蛋白質を作り出している。

また、酸素同化作用によっても、炭水化物が作られている。これは、深野先生の説をかりれば、$2CO_2 \leftrightarrow N_2$ではないかと考えられる。

炭酸ガス（CO_2）、窒素ガス（N_2）から宇宙エネルギーが得られるはずであり、クリーンで安全な発電が可能である。

だから、植物さんに教えて頂いて、シミュレーションしてみたい。２００５~２０１０年にはできあがると考えているが、常温核融合の可否の議論はその頃決着すると思う。

発電から採電へ

前にも述べたが植物、動物、鉱物、海水、太陽と自然が電力を供給して人間はそれを採電させていただくことになるだろう。

家庭でできる発電所（生ゴミ、排気ガスも電気に）

バケツ、鍋など有り合わせの容器に或る種の石の粉（商品名　カタラ末、カタラ錠）を入れ、電極棒を入れ、水、油、植物屑（生ゴミ）など、水素含有化合物を入れ、電極棒を入れて結線すれば出来上がり、量によって電灯の大きさに差があるものの照明がとれる。

「そんな馬鹿な」と思う前にお試しください。電灯が点灯したら納得して頂けるでしょう。電灯が消えたら、水でも油の古いのでも入れてください。また乾燥するまで点灯します。この繰り返しでいつまでも使えます。

東学先生（工学博士）の説によれば、水素のH^+とH^-に分かれ、H^+は電極に蓄積発電し、H^-はマイナスイオンとして空中に出、癒し効果としては有名である。すなわちマイナスイオンで、部屋の空気を良くし、更に家庭の照明が得られるというわけである。

東先生が実験して見せてくださった。実験装置は使い古しの乾電池の中を抜き取り、石の粉を入れて水を注げばできあがる。水のある間はいつまでも電灯はともり、水がなくなれば消え、また水を注げば再び点灯し、永久電池であることを確認した。（注　石の粉は当社製カタラ末などを使用）

応用が考えられるのは、水補給のみで走る電池自動車であり、現在、アラコ社製コムスという電気自動車にてテスト中である。

注：平成10年11月、未踏科学技術国際シンポジウムにて発表の「水素イオンバッテリー」「自然石により消耗バッテリーの起電力の回復」の原稿参照

かつて英国ウェルズ大学（ウェルズ州カーディフ市）のロバート教授を訪ねた時、教授は「排気ガスの再燃料化、再利用」について話された。実はこの講演内容がタイム誌に報じられて大反響をよんだ。

実は本開発の応用として高温排気ガス中の高温水蒸気は活性に富み、この水蒸気を原料とした水素イオン発電は、安価で非常におもしろい活用法であり、かつ排気ガス対策としても役立つのではないだろうか。

応用

海難信号灯、航海路など水中、海中での光源としては最適と思われる。（海水採電の項参照）

私の開発雑観

開発のスピリット

私が日頃考えていたことは、「たゆまざる開発を行い社会に貢献する」ということである。人のやっていることをやっていたら人と同じところにしか到達できない。人のやらないことを心掛けようと、学生時代から地道な中にも一味異なった生き方を心掛けた。脱サラして会社を設立したが、その社是を「たゆまざる技術開発を行い、お得意様を通じて人類社会に貢献する」としたのも、私の長年の生き方から出たものである。

しかし、自分の考えた商品はどうも贔屓目に売れるような気になり、つい入れ込みすぎ、損が多かった。開発するのが早過ぎたのか、いつもの場合10〜15年経ってやっと売れ始める。その頃は特許の切れる頃であり、私の熱もすっかり冷めて、すでに次の次の次へと新しい開発への熱が入っている。

そんな折、草柳太蔵先生の講演テープを聞かせて下さった人があり、その講演の、「こだわりを捨てることが成功への早道」という一節に、

「これだ！」

と思った。これまでは売ろう、儲けようという思いが強く、そのため、売れる物を、買ってもらえる物を作ろうとしていた。売り手の視点で見ていたのである。

「こだわりを捨てる」

はたと思いあたるところがあり、売れる、売れないに左右されず、ただ社会のためになり、今宇宙で最も求められているものをつくろう。しかも、買い易い値段で、売れなくても大きな負担にならない方法がよい。

少なくとも開発にお金をかけないことだ。例えば最大開発費20万円以下をモットーとし、もっぱら道楽の延長線上でものを考えることにした。

金のかかることは、金のかけられる大企業におまかせして、零細企業はそれなりの身近な開発を行う。それでいてたえず何かオンリー・ワンの商品を持つべく心掛ける。しかも〝こだわり〟を持ってはいけない。

自然流に〝川の流れのように〟時流に乗って、本業を盛り上げる。子供の頃、農業だった親が、

「目的物以外は雑草」

とよく教えてくれた。たとえどんな良い事でも、本業の目的でないことは捨てるべきなのだ。関連する事業には、本業を補助する事業として進展すべきで、思いつきや、思い込みで無関連な事業をおこせば、本業の目的とする事業は、雑草と同じになる。雑草は取り除かねばならないといいつつも、幹をとり巻く枝がだいぶ増えてきた。さし木をすれば、また幹に育つかを考えているところである。

開発するのはなぜか

最近、開発について、とくに開発方法や発想法について度々相談を受ける。あなたはどうやって開発しているのか、と問われるのだが、私にもよくわからない。ただ、困っているこ

と、ひらめいたことを実験し、実行してみると開発できていることが多い。
言ってみれば、
困っていることは何かを知る。
どうしたら解決するか、とにかく思っていることを実行してみる。
つまり、
やれることを
やれるように
やってみる。
やれないことを
やれるようにならないか考え直し
やれるようにして
やってみる。
と、いうようなことではないだろうか。
けっして無理をしてはならないし、思いもしないことはできないものである。

言い換えると、できないということは、「思っていない」か「やっていない」だけのことではないだろうか。

年を重ねると学習や体験が多くなり、大勢の人たちとの交流の中からさらに多くのことを学ばせていただけるから、その知識や体験につなぎ合わせると新しく見えてくるものがある。私のような凡人には何か全く新しいものを開発するということはできそうにない。ただ、すぐれた人たちの知識をつなぎあわせて本来の姿を見つけたにすぎない。

コロンブスがアメリカ大陸を発見したのは、何も新しい大陸を生み出したのではない。アメリカ大陸はコロンブスが発見する前からそこに存在し、人々は生活を営んでいたのである。コロンブスの住む社会において、アメリカ大陸の存在を知らなかっただけのことである。

どんなに高い学歴であっても、どんなに豊富な知識をもっていても、思っていなかったり（問題意識や困ったことをもっていない）、思っていてもやらなかったりすれば、何も発見できない。

もう一度勉強したいと思って名古屋大学へ行ったとき、工学部の沖猛夫教授が面接してくださったが、そのとき先生は、次のような意味のことを話してくださった。

「人間の知識なんていうものはねえ、全能の神からすれば、ほんのわずかなことなんだよ。それをあたかも自ら発見したように思うのは錯覚。所詮は神様の手のひらの上の出来ごとにすぎんのだよ」

工学博士から神様の話が飛び出して驚いたが、人間の知識などというものは、所詮そんなところかと感じ入った次第である。

3．ヴィクトル・シャウベルガー先生について

本書で、何度もご登場いただいているヴィクトル・シャウベルガー先生について、とても詳しく論じられている本がある。
特に私が感銘した箇所を引用させていただく。
＊（〇〇ページ参照）となっている参照ページは、本書では割愛させていただく。参照したい方は、ぜひ次のご本を入手され、ご一読いただきたい。

『自然は脈動する　ヴィクトル・シャウベルガーの驚くべき洞察』

アリック・バーソロミュー著　日本教文社

序章

ヴィクトルは、オーストリアの未開のアルプスで森林監視員として働いていたときに、流れの速い渓流の水を詳しく観察して着想を得た。持ち前の鋭い観察力によって独学で技術者となり、やがて、自然が使う内破（implosion、爆縮）的作用、つまり求心的動きを通じて従来の発電機の一二七倍ものエネルギーを引き出す方法をつかむ。一九三七年には、音速の約四倍、一二九〇メートル／秒の推進を生じる内破エンジンを開発していた。一九四一年、ドイツ空軍大将エルンスト・ウーデットから、ドイツで悪化しつつあるエネルギー危機の解決に手を貸してくれるよう依頼を受ける。だがウーデットが死亡し、その後の連合軍の爆撃によって工場が破壊されると、研究は中止される。一九四三年にハインリヒ・ヒムラーが戦争捕虜からなるエンジニアチームとともに新たな秘密兵器システムを開発するよう命じると、ヴィクトルには従う他選択の余地はなかった。

ヨーロッパで戦争が終結する直前に決定的な実験が行なわれた。一九四五年二月一九日にプラハで空飛ぶ円盤が打ち上げられ、三分間で高度一五〇〇〇メートルまで上昇し、時速二二〇〇キロを達成したのである。五月六日にはその改良型が打ち上げられる予定だったが、その日にアメリカ軍が上オーストリアのレオンシュタインの工場に到着する。ドイツ軍の崩壊に直面した陸軍元帥カイテルは、プロトタイプをすべて破壊するよう命じたという。

―中略―

アメリカ側はヴィクトルの一風変わった科学を理解することができなかったらしく、彼を釈放している。アメリカ人はヴィクトルに「原子力エネルギー」の研究をしないよう命じたが、そのおかげでヴィクトルは夢だった燃料のいらない動力の研究が自由にできるようになった。

――中略――

彼は本質的に平和の人であり、何よりも人類が自由になるように役立ちたいと願っていたのだ。そこで彼は地球をもっと肥沃化しようと、実験的に銅性の鋤刃を開発する（第16章参照）。

浮揚力と無抵抗の動き

このような一風変わった人生航路は、かつて第一次世界大戦後にヴィクトルが民間人の生活に戻り、山で働くことになって始まったものだった。手つかずの自然での経験は彼の人生を変えるものとなった。そのような、人類の進路を永遠に変えるために孤独な道を歩むきっかけとなる経験の一つを彼はいきいきと描いている。

早春の、月明かりの照らす産卵期の夜だった。危険な密猟者を捕まえようと滝のそばに座って待ち受けていたところ、何かがすばやく動くのに気づいた。だがそれが何なのかほとんどわからなかった。透き通った水面に落ちた月光は、よどみにいる大きな魚の群れの動きをことごとく照らし出していた。突然、下から大きな魚が滝に対峙するかのようによどみに入って来ると、群れは散り散りになった。その大きな魚は、他のマスを追い立てるかのように体をすばやくくねらせながらあちこちを激しく泳ぎ回った。

その後、大きなマスは突如、溶けた金属のような光沢をもって落ちる巨大な滝の水流の中に消えた。円錐状になった水の流れの下で、一瞬、魚が激しく回転するように舞っているのが見えたが、そのときは、いったいどういうことなのかわからなかった。マスが回転をやめると、みじろぎもせずに上に浮き上がっていくように見えた。滝の下の上り口のところまで来るとマスは体を翻し、自分を強く押し上げて行くような動きで、滝の上部の向こうまでさかのぼって行った。そして速い水流の中で力強く尾を動かすと、姿を消した。

—中略—

うまく光が射していれば、滝のヴェールの中に中空のチューブ状の「浮揚性の流れ

(levitational current)の通路を見ることができる。これは水がごぼごぼ音を立てて排水溝に流れ込んでできる渦巻きの穴と似ている。この渦巻きは下向きで、吸引力を増しながらあらゆるものを深みに引きずり込む。このような渦巻き、つまり水の竜巻が上へと垂直に生じている状態を思い浮かべてもらえれば、浮揚性の流れの動きをイメージし、マスが落下軸の中を浮き上がっていくようにみえる様子がわかるはずだ。

ヴィクトルは側で何時間も魚を眺めていることがよくあった。マスが速い流れの中でみじろぎもせずに静止し、警戒すると何の前触れもなく、流れに沿って下流に流されるどころか、上流に泳ぎ去ってしまう姿に惹きつけられた。水のエネルギーポテンシャル〈潜在的に利用可能なエネルギー量〉には温度が重要であることを家族から教えられていたことから、ヴィクトルは実験を思い立つ。一〇〇リットルの水を同僚に温めてもらい、自分は流れの速い川に立ち、その上流約一五〇メートルのところから合図とともに注いでもらった。観察していたマスが興奮し、すぐに、尾ひれを激しく動かすかいもなく、速い流れの中にとどまっていることができなくなった様子に彼は注目した。わずかだが平均水温が異常に上昇し、それによって水流が乱れたことがマスの静止能力を損なっていたのである。この不思議な現象を説明してくれる教科書はないかと探しても、見つけることはできなかった。

かれはこのマスのエピソードを、自らの思想形成にもっとも影響を与えたものとしてよく引き合いに出しているが、それは温度と動きが彼の理論と発見の源泉だったからである。その後、空気と水から直接エネルギーを作り出す発電機を開発したときに、この教師役に敬意を表して「トラウト〔マス〕・タービン」（二一、三二七～三二八ページ参照）と名づけるが、これがあとに「内破マシン」と呼ばれるようになるものだった。

屈せざる者

ヴィクトル・シャウベルガーは、ガリレオからマックス・プランクにいたる過去の先駆者がそうであったように、「専門家」からは疑いの目で見られ、批判を受けた。彼は、人類が神の役割を力ずくで奪い、環境を破壊することによって、自らの天命、過去から受け継いできたものを裏切っているのだと主張した。また人類がまっしぐらに自滅への道をたどっているのを見て取り、およそ三〇年のうちに気候は生存に適さなくなり、食料源は枯渇し、飲むのに適した水はなくなり、病、悲惨、暴力がはびこるようになるだろうと予言した。

従来の科学者はどうして道を間違ったのだろうか？　自然が働く様子を注意深く観察しなかったためである。そうしていたなら、ヴィクトルのように自然の法則を定式化してそれに従い、人類社会を環境と調和のとれたものにできたはずである。彼がよく言っていたように、「自然を理解し、真似る」ことが重要だったのだ。現代の科学者はそうはせずに、人類は自然より上位に立ち、何ら影響を被ることもなく地球の資源をやりたいように搾取できると考えているのだ。

ヴィクトルは人類の技術がどこで間違ったかをはっきり示している。事態を立て直すためにはどこから手をつければいいのだろうか？　もちろん、今のやり方をまったく逆にすることからだ。それには私たちが根本的に生活観を変え、一人ひとりが社会に大きな変革をもたらすよう努力することが絶対的に必要となる。共通の目的のために多くの人間が団結することによって、はじめてこのような変化を起こすことが可能となるのだ。

彼は主流科学を、傲慢で群れたがりの本能に基づくものだと批判した。また科学者についても視野が狭く、ものごとのつながりを見抜けないとこき下ろしている。ヴィクトルは、今日、私たちがよくやるような、世界の悲惨さの責任を政治家たちに求めることはしなかった。政治家というものはそもそも日和見主義であり、制度の手先であると考えていたのだ。ヴィクトルが世界を危険な状態にしたと責める相手は、自身の敵、彼の言うところの「技術・学術界」の科学者たちであった。預言者や先駆者の存在は、どんな分野であれ、必然的に既存の体制にとっては異議申し立てに映る。彼らが、現状からうまみを得ている人間たちの利益を脅かしかねないからである。関わってくる利益が大きいほど誹謗中傷の声は大きくなるようである。このように、おそらくもっとも排他的で傲慢な学問分野として、科学は歴史を通じてコペルニクスやケプラー、ガリレオ、現代では生物学の先駆者、ジェームズ・ラヴロック、ルパート・シェルドレイク、メイワン・ホーにいたる偉大な改革者の足を引っ張ってきたのである。

途中までしか教育を受けていなかったにもかかわらず、あるいはおそらくそのために、ヴィクトルにはつねに知識に対する大きな渇望があった。徹夜したり、あらゆる種類の、とくに難解な種類の本を大量に持ち込むことが妻の目には家庭を乱すものに映った。ヴィクトルが、自分は天命を受けているのだと感じていたことは疑いない。それは、ヴィクトルが、夢うつつで書いた文章を、われに返ったあとに読んでひどく驚くことがしばしばあったことからも明らかである。

ヴィクトルは揺るぎない自信をもっており、自身の理論は実現させることができると心の底で確信していたため、当然のように正統科学界とは終生戦い続けることになった。ヴィクトルの思想の研究家カラム・コーツは、ナチス時代に彼が謀略に巻き込まれるのを幸運にも免れたエピソードを記している。たが彼には力強い支援者もいた。いずれも欲得でなびいたり嫉妬に揺れたりしない、独立した精神をもった数少ない科学者である。その中の一人、スイス人のヴェルナー・ツィマーマン教授は著名な社会運動家であり、エコロジーを編集方針とする雑誌「Ｔａｕ」にヴィクトルの論文を載せたこともある。ウィーン大学の物理学教授、フェリクス・エーレンハフト（三三八ページ参照）は、ヴィクトルの内破マシンに関する計算を手伝っている。三人目のフィリップ・フォルヒハイマー教授（一四二ページ参照）はとても充実な友人で、水文《すいもん》学者として世界的な名声のある人物だった。

ヴィクトル・シャウベルガーについては、水に関する独創的アイデアを思いついた人、あるいは「生きている水」が内包する莫大なパワーを動力源に利用する省エネルギー装置を作った人としてしか知らないという人がほとんどだろう。たしかにその業績は根本的で重要なものであり、エコロジーの先駆者としてのヴィクトルの評価を裏づけるに足るものであった。だが私たちには、人類が地球に与えた損傷を回復するという、よりスケールの大きい難問があり、その懸念を解消するため、自然がどのように働いているのかという一段広いヴィクトルの世界観を示すことが必要になってくるのである。

ヴィクトルの息子ヴァルターは、父と違って科学の正式な教育を受けており、一時、大学で物理学の講師もつとめ、父の着想が主流科学にとっても理解しやすいものとなるように精力的に活動した。一九五〇年にイギリスの多くの一流大学を講演して回り、一流科学者の何人かに父の物理学をどう思うかと訊ねたところ、ヴィクトルの理論は非常に説得力があるということで彼らの意見は一致した。問題は、「世界のすべての教科書を書き換えなければならなくなる」のではないかということだった（第18章341~342ページのリチャード・セイントバーブ・ベーカー［Richard St. Barbe Baker］の件を参照していただきたい）。

もう一つの世界観

ヴィクトルは主流科学界からの悪意に大いに苦しめられた。ヴィクトルが科学界に対したえず不満を漏らしていたために、彼のもっとも重要なメッセージは見えなくなってしまっている。そのメッセージは、科学界の傲慢自体よりもはるかに重要なものである。そのメッセージとは、私たちの文明全体が、どこまでも世界を物理的にとらえるという世界観に囚われてしまっているということである。私たちは、一見やりたいことを自由に何でもできるという興奮、多くの富と娯楽をわがものにできるという魅力のとりことなっている。現在の科学はこのような世界観の産物にすぎないのであり、哲学、教育、宗教、政治、医学もそうなのだ。陰謀説に与《くみ》するまでもなく、私たちの社会のあらゆる側面が、世界の秩序と生態系の崩壊につながる重大な間違った思い込みから痛手を被っていることがわかるはずである。

真の問題は、一七世紀後半の知的運動、つまり啓蒙運動とその科学版である理性主義が人類社会に大きな裂け目を作り出してしまったことにある。哲学者ルネ・デカルト（「我思うゆえに我あり」で有名）の責任は重大である。この運動によって、人間は自分を偉いものと勘違いし、人間性という概念を自然から切り離す発送が生まれ、あらゆる自然現象を演繹《えんえき》的発想〔基本的原理によって具体的な事物を理解する推論手法〕で解釈するようになったのである。その結果、経験と思考が、感情と理性が切り離されることになってしまった。私たちの文明では科学的決定論が幅をきかせているために、直感的なものの見方はうさんくさく見られるが、社会のあらゆるレベルで、自分の直感に正直でありたいと望み、理性主義は実は「大いなる迷妄」だと感じている人のあいだに、新たな覚醒が起こりつつある。

私たちは、従来の、一般に認められている現実には収まりきらない経験を日々重ねているものだ。たとえばちょっとした偶然の一致、虫の知らせ、人、状況、場所が発するさまざまな「雰囲気」の感覚、思考が行動に与える影響、ペットとのやり取りなどである。そんなことを気の合う仲間と話していると、自分たちが共犯者で、思想警察が捕まえに来そうなタブーについて話し合っているように思えてくる。このような現象は、「心霊」体験のような、ピントの外れたものと片付けられるのがせいぜいのところだろう。自分たちの生活の大切な部分を「意味あるもの」にする方法や枠組みがないがために、私たちは道に迷ってしまったのだ。そんな経験は従来の通念では扱えないものなのである。

ヴィクトル・シャウベルガーは、理性主義の制約にとらわれない自然のプロセスの研究を、科学的に検証可能な枠組みにあてはめた先駆者の一人である。彼は、科学的、宗教的、哲学的な独断に陥ることなく、先に挙げたような経験も扱える「自然の科学《ナチュラル・サイエンス》」の世界観を描くことによって、世界における人類の位置についての理解の枠を広げた。自然の働き方を理解することで、私たちは自分の経験をはるかに広く、より刺激的な世界観に結びつけることができるようになるのである。『沈黙の春』(邦訳、新潮社)によって環境運動の先駆者という評価を得ているレイチェル・カーソンは、多国籍企業を相手に闘う勇敢な女性だった。ヴィクトルは従来の世界観に立ち向かっているという意味でさらに勇敢なのだ。

変化を実現するためには、世界の見方(環境政策を含む)を根本的に変える必要がある。ヴィクトルの警告の正しさは証明されただろうか? 彼の早すぎる死から四五年以上がたつが、その予言の多くは、彼が見越したよりも早く現実のものとなっている。二〇〇一年九月一一日以前には、環境に配慮しようとする機運は、ゆっくりとではあっても定着していくだろうという希望が多少なりともあった。人類が地球の大気のバランスを危機的なまでに崩したこと、また人類の優先順位を早急に消費から持続に変える必要があることについて認識が広がりつつあった。今や時計の針は三〇年分逆戻りし、破局的な気候変動を回避することすらできないありさまである。

ヴィクトルの認識は、人類の文明がどこで間違ったかを理解するための重要な手がかりであり、種《しゅ》としての人類の未来は、彼が再発見した自然のプロセスとのつながりを取り戻せるかどうかにかかっていると私たちは感じている。だから自然がどのように働いているのか、人類社会がどこで間違ったかについてヴィクトルが考えたことを二一世紀の文脈でとらえ直し、彼の洞察から何が学べるかを考えるべきなのである。

私たちが現在置かれている状況を語った次のコメントに見られるように、ヴィクトルは彼ならではのやり方で人類文明を批判している（『我らが無益な骨折り――世界の危機の源 Unsere sinnlose Arbeit—Quelle der Weltkrise』、一九三三年）。

人間には何でも自分に引きつけて考える癖がついてしまった（人間中心主義）。その過程で私たちは、真実とはとらえがたいものであること、そしてその真実について、無意識のうちにたえず形式化を行なおうとする頭脳が判断を下していることがわからなくなっているのだ。あとに残されるのは、ほとんどが苦労のすえに脳に刻みつけられたようなものであり、私たちはそんなものにしがみついているのだ。邪魔されることなく、自由に思考を羽ばたかせるにはあまりにも悪条件が多い。このため、この手の理解から生じる活動は必ず排泄物をこねくり回すようなものになって、その臭気は天まで立ちこめてしまう。なぜなら、そもそもの活動のおおもとがすでに腐っているからだ。こんな具合にあらゆるところであらゆるものが間違っているのも、驚くにあたらない。真実は、全知全能の自然のうちにだけ存在するのだから。(Viktor Schauberger, Unsere innlose Arbeit—Quelle der Weltkrise [Krystall-Verlag, Vienna, 1933-34/J. Schauberger Verlag, Bad Ischl, 2001])

ヴィクトルは、現在の人類文明は自然の創造的エネルギーを破壊するものなので、社会には暴力がはびこり、堕落が進むことになるだろうと予言している。自然が私たちに何を求めているかに耳をすませるなら、見た目にも明らかに悪化した状態をもとに戻し、少しずつ人類社会にバランスを取り戻し、やがては自然と歩調を合わせて生きていけるようになるのだろうか?

しかし、自分たちが物質的な達成の頂点にいると思うような傲慢さの中でも、人類の魂は再び覚醒しつつあり、自分たちが生まれてきた自然とのつながりを取り戻すべきだという強い欲求が再び生まれつつある。本書の目的はこの流れを強め、育むことにある。

「自然の科学」に向けて

イギリス国民の大多数は食物の遺伝子組み換え（GM）に反対しているが、これはGMが自然に反するものであることを心の底で知っているからである。GMを普及させる政策は、言いなりになる政治家を味方につけた大企業が利益を上げるために推し進めているものである。GMを正当化しているのは何よりも、自然というものは、人類が当然手にできる利益のために操作し、搾取するために存在しているのだという実利主義的世界観をもつ科学なのである。明らかに説明責任は問題とされないのだ。

二〇〇三年にイギリスでGMをめぐって全国的に議論が行なわれたが、そこであきらかになったのは、人類が地球に対してやりたい放題をできるという考えの傲慢さに多くの人が深く懸念を抱いているということである。だが人々には反論するために拠りどころとすべき科学がないのだ。必要とされているのは、現在、学校や大学で教えられている、方向を誤った科学にとって代わる「自然の科学《サイエンス・オブ・ネイチャー》」なのである。地球には全能なるものとしての自然が存在しているという、ホリスティック（全体論的）な視点に立って事を進めていく必要があるのだ。自然の法則は人類をも支配しているのだが、私たちはそれを軽んじて自分たちの立場を危うくしている。自然とは、私たちが謙虚な心で共存することを学ぶべき対象なのである。

こうした自然の法則とはどんなものなのだろう？　どうすれば人類の立場と、人類に求められていることが何なのかを知ることができるのだろう？　ヴィクトル・シャウベルガーは優れた「自然の科学」の教師であった。ほとんど誰もやっていないことだが、彼は、意識の進化の核心にある驚くべき、そして複雑なプロセスによって、自然の働きを描写し、説明しているのである。

現時点で彼のことを知っているのは、環境問題、有機栽培、代替エネルギー源の開発に関心の高い、ホリスティックな意識をもつ少数の人たちだけである。ヴィクトルについて書かれた文献は、あまり興味のない人には読み進みにくいものも多い。本書はカラム・コーツが書いたヴィクトルの研究について記した独創性に富んだ書物『生きているエネルギー――ヴィクトル・シャウベルガーの理論に関連した諸概念の解説（Living Energies: an Exposition of Concepts related to the Theories of Viktor Schauberger）』を参考にしている。

現在人類が置かれているエコロジー的苦境を理解しようとするときに、ヴィクトルの洞察がいかに不可欠なものなのかをより多くの読者の方に知っていただくために、専門的になりすぎないようにした本書が役立つことを願っている。新世紀を迎えた今、非常に限定的で欠点だらけの機械論的・決定論的な世界観と、スピリチュアルな要素をも含んだ全体が驚くべきかたちで、たがいに精妙につながりあっているというホリスティックな生命観とのあいだで、激しい思想的対立が生じることになるだろう。

第12章　生きた水の供給

都市に住み、年中殺菌された水を飲まざるを得ない人間は、生命を生み出すという自然の定めた能力をもつ「生物」が化学物質によって強制的に殺されているという運命について、真剣に思いをめぐらせるべきである。殺菌され、物理的に破壊された水は肉体的衰弱を起こすだけでなく、精神も退化させ、人間をはじめとする生物に一律に広範な劣化を引き起こす。

(Viktor Schauberger, Unsere sinnlose Arbeit)

——ヴィクトル・シャウベルガー『我らが無益な骨折り』

第16章　土壌の肥沃化と新しい耕作方法

化学肥料という毒

●現代の農業は母なる大地を娼婦のように扱い、レイプしている。農業は一年中大地の皮膚を引っかき、化学肥料という毒を注いでいるが、これは自然とのあらゆるつながりを失った科学によってもたらされている。
—ヴィクトル・シャウベルガー（The Schauberger Archives より）

近代的な化学肥料の先駆者は、ドイツの科学者、ユストゥス・フォン・リービッヒ（一八〇三～一八七三）である。彼は植物の生長に必要となる元素と化学物質を研究し、農業用の土壌では四つの主要な元素がしばしば不足していることを突き止めた。肥沃さを増すために、彼は石灰の形でカルシウム（Ｃａ）、窒素（Ｎ）、リン（Ｐ）、カリウム（Ｋ）を補うことを奨励した。最後の三元素はＮＰＫと呼ばれることが多い。

このような製品は水溶性で、ほとんどが、ヴィクトルが「火を吐き出す技術」と呼んだもの の副産物である。これは、構造を分解しエネルギーを枯渇させる熱によって作られ、噴霧したり、粉末を撒くことで散布される。

化学企業は、廃棄物を利益に変える手段としてこの新製品をいち早く製造した。リービッヒは後に、健康な植物の生長に必要な成分は単純なＮＰＫよりはるかに複雑であることに気づいた。実際に、彼はこのような基本的科学物質に依存すれば土壌に回復不能なダメージが生じるだろうと警告したが、聞く耳をもつものは誰もいなかった。化学肥料の利用が急速に普及すると、土壌の有機的基盤が失われるにつれ、肥沃さが広範に失われた。鋼鉄製の鋤と化学肥料を使う高度に機械化された耕作法によって、アメリカ中西部の広大な土地は黄塵地帯に変わり果て、破産した農民たちは自分の土地を離れざるを得なくなった。同じことが現在、インドを含む多くの第三世界諸国でも起こっている。インドでは、多国籍化学企業が、従来の農耕法を止めて化学的に依存した農業に移行するよう求めている。

化学物質に依存した農法が世界に広まり始めると、収穫量が増加したことから「緑の革命」と呼ばれた。しかし、収穫量の増加は質をじょじょに低下させるという犠牲をともなうものであり、生命を犠牲にしての利益であった（第5章冒頭を参照していただきたい）。化学肥料は生長を刺激する物質であり、土壌が依存的になる麻薬のような作用がある。体調が悪化すると、寿命を少しでも延ばすためにさらに麻薬の注射を必要とする薬物依存者のように、化学物質に依存するようになった土壌も死にかけているのである。

微粒子状の化学肥料は水分を求め、会の地下水層や若い植物から水分を奪う。水分が不十分だと蒸散量は減少し、植物の内部の温度は上昇して病気にかかりやすくなる。この細かな粉末は、自然界で生み出された栄養や成熟した水をもたらし、非物質的なエネルギーを上昇させるきわめて重要な毛細管をふさいでしまう。このため植物は雨を吸収しにくくなり、急速な流出が起きて、すぐに再蒸発が生じる。ここにいたると実質上価値のない水である灌漑が必要となる。このような条件で成長する作物がとくに味わい深くもなく、栄養のないものであることは驚くにあたらないことである。

窒素が過剰だと別の問題が生じることがある。根が成長するために利用できるイオン化した物質の量が減り、さらに植物が必要とする水が不足してしまうのである。硝酸塩（窒素を含む硝酸カリウム（硝酸ナトリウム）を主成分とする化学肥料）には、マグネシウムやカルシウムなどの正に荷電したイオン（陽イオン＋）を捕える負に荷電したイオン（陰イオン－）があり、根域からこれらの元素を奪ってしまう。マグネシウムはクロロフィル（葉緑素）を作り出すのに欠かせない物質なのだ。

自然が病気を治そうとする場合、病気にかかった生物を取り除く目的で寄生虫（『健康警察』）を登場させるため、人間は殺虫剤や防カビ剤を撒かなければならなくなる。作物が殺虫剤で処理されて消費者向けて出荷されたあと、地面は、非常に有害とされる害虫を駆除するためにビニールシート下に注入された毒ガスで燻蒸《くんじょう》消毒される。ミミズ、微生物、有益な細菌もすべて等しく死んでしまう。多様な生物系は命のない砂漠に変わり果てる。緑の革命は、現在のバイオテクノロジーがそうであるように、世界に食料をもたらす方法として正当化された。ホリスティックな視点を持つ生物学者メイワン・ホー（『遺伝子を操作する――ばら色の約束が悪魔に変わるとき』（邦訳、三交社））は、持続可能な有機農業がいかに科学的農業より生産的であるかを多数の例を挙げて示しているが、化学的農業は持続不可能なものであり、生命を破壊してしまうのだ。(Mae-Wan Ho, Genetic Engineering—Dream or Nightmare? (Gateway, 1998; Gill and Macmillan, 2000)(『遺伝子を操作する——ばら色の約束が悪魔に変わるとき』メイワン・ホー著、小沢元彦訳、三交社、2000)

第18章　内破パワーを利用するより

リパルシン(脈動式機関)と「空飛ぶ円盤」

第1章〔三五ページ〕で見たように、この機械についてはいくつかのモデルが開発されている。最初のものは一九四〇年にヴィクトルの主張する新エネルギーの生成を調べるために、次には彼の浮揚力飛行の理論を実証するために開発されたが、一九四〇年代半ばに開発されたものは、第三帝国の新たな秘密兵器のプロトタイプとしてであった。

この時期にヴィクトルが実際に何をしていたかについてはさまざまな憶測があり、その多くは、軍との契約下で「空飛ぶ円盤」の開発に従事していたことを示唆している。一九四五年二月一九日にプラハで打ち上げられた「空飛ぶ円盤」は、マウトハウゼン強制収容所でヴィクトルが建造したプロトタイプの発展型であることが後に知られるようになった。これは三分間で高度一五〇〇〇メートルまで上昇し、時速二二〇〇キロに達した。ヴィクトルは次のように書いている、「私がこの出来事について初めて耳にしたのは、戦後、一緒に働いたことのある技術者からであった」。友人に宛てた一九五六年八月二日付の手紙では次のように記している。「機械は〈陸軍元帥〉カイテルの命令によって終戦の直前に破壊されたと聞いています」

引用終わり

終わりに

水って何であろう。

地球は、3分の2が海という水に覆われた天体である。

科学的に言えば、酸素と水素の化合物である。

それが温度によって個体、液体、気体になり、電気によって酸素と水素に分かれ、また電気によって結合する。

そして、その電気を作るのにも水が介在する。

林先生の著書、シャウベルガー先生の著書でも、水が主役である。

人間をはじめ、動物も植物も水がなくては生存できないのに、多すぎては困り、少なければ困り、程よいことのみありがたい。

「水を制するものは世界を制す」とか。

最近、水道の民営化との声が聞かれるようであり、日本も政府の方が述べておられるようであるが、「よい水」と銘打って、いったいどれほどの種類の水が商品となって販売されていることであろうか。

更に、その水の輸入業者さえいる。

病気を治療するのも、水でできる。

これは、数十年前に厚生省の依頼で、大学教授が病気の治療になる水の製造物を持参したところ、教授の地位も失われるような、危機的な状況になってしまったとか。

生活に不可欠の水であるが、その取り扱いにはくれぐれも注意しなければならないと、肝に銘じておかなければならない。

知花敏彦先生が、「空中から無尽蔵に水を作る方法」を発表されてお叱りをうけ、研究は国にお預けになったと著書で読ませていただいたことがある。

素人は、気安く水について批判することなく、どのご意見も謙虚に承ることこそ肝要ではなかろうか。

本で勉強させていただく私も「理科系の勉強は一生できるが人間を作るのは今しかない。文科系へ進み人間を作り直してこい」と高校の頃の担任教師に勧められて、理科系の勉強はできていなかったおかげで、この歳になるまでありがたく勉強させていただいているが、シャウベルガー先生、神坂新太郎先生、知花先生も、専門の学校出身ではなかったとのことである。

改めて恩師に感謝させていただく次第である。

新時代《しんじだい》の幕開《まくあ》け 4

大転換期《だいてんかんき》の今《いま》、次世代《じせだい》へ残《のこ》すもの

高木《たかぎ》　利誌《としじ》

明窓出版

令和三年八月一日　初刷発行

発行者――麻生 真澄
発行所――明窓出版株式会社

〒一六四―〇〇一二
東京都中野区本町六―二七―一三
電話　（〇三）三三八〇―八三〇三
FAX（〇三）三三八〇―六四二四

印刷所――中央精版印刷株式会社

落丁・乱丁はお取り替えいたします。
定価はカバーに表示してあります。

ISBN978-4-89634-437-0

プロフィール

高木 利誌（たかぎ としじ）

1932年（昭和7年）、愛知県豊田市生まれ。旧制中学1年生の8月に終戦を迎え、制度変更により高校編入。高校1年生の8月、製パン工場を開業。高校生活と製パン業を併業する。理科系進学を希望するも恩師のアドバイスで文系の中央大学法学部進学。卒業後、岐阜県警奉職。35歳にて退職。1969年（昭和44年）、高木特殊工業株式会社設立開業。53歳のとき脳梗塞、63歳でがんを発病。これを機に、経営を息子に任せ、民間療法によりがん治癒。90歳の現在に至る。

ぼけ防止のために勉強して、いただけた免状

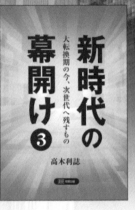

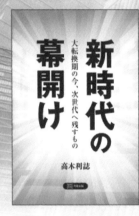

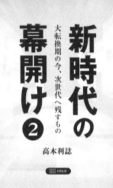

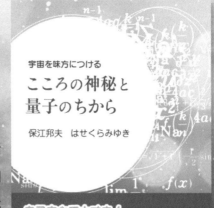